EX LIBRIS

HIC LIBER EST MEUS.
TESTIS EST DEUS.
QUI EUM RAPIAT
DIABULUS CAPIAT.

Aus der Arzttasche geplaudert …

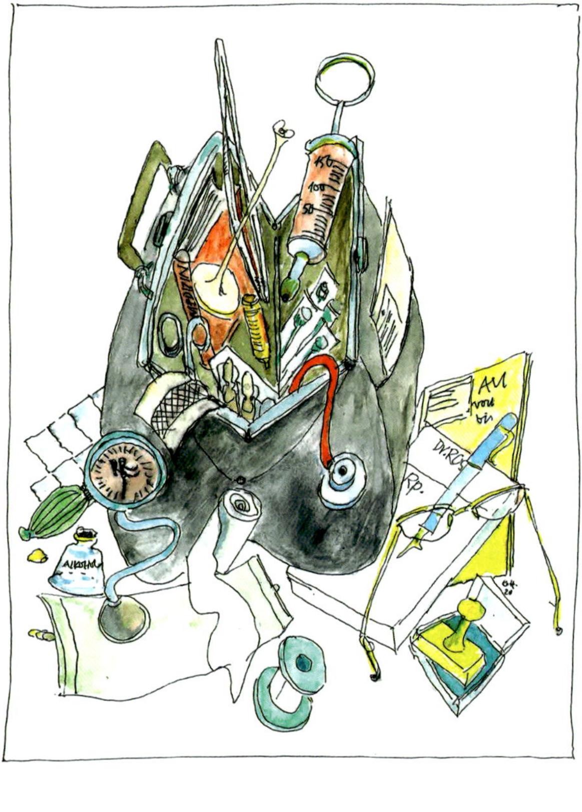
AU
von
bis
Rp.
100
50

Aus der Arzttasche geplaudert …

Humorvolles aus einem

Hausarztleben

von

Peter Rost

mit Illustrationen von

Gerhard Hainlein

AKAMEDON

2020

Söhne, Schwiegertöchter und Enkel des Randersackerer Allgemeinpraktikers, Internisten und Sportarztes Dr. Peter Rost – jüngstes Glied in einer langen Reihe von Ärzten.

Impressum:

Peter Rost: Aus der Arzttasche geplaudert … Humorvolles aus einem Hausarztleben. Illustriert von Gerhard Hainlein. Pfaffenhofen/Ilm: AKAMEDON 2020. ISBN 978-3-940072-32-0.

Die Deutsche Nationalbibliothek verzeichnet diese Publikation in der Deutschen Nationalbibliografie; detaillierte bibliografische Angaben sind im Internet unter http://dnb.ddb.de abrufbar.

Zum Geleit

Dem Arzt ist nichts Menschliches fremd: Sein Berufsalltag vermittelt ihm tiefe Einblicke und tiefgehende Einsichten. Zumal wenn er, wie der Verfasser dieser Geschichten schon in einer Landpraxis vor den Toren Würzburgs groß geworden ist: Dr. Peter Rost waren Stethoskop und Rezeptblock gewissermaßen in die Wiege gelegt.

Kein Wunder, dass die deftig-derbe Sprache und der fränkischer Humor seiner Patienten auf den Doktor abgefärbt haben, der die kurzen heiteren, manchmal auch hintersinnigen Episoden gut und gerne erzählt. Damit sich nicht nur die Familie, Freunde und Patienten daran erfreuen können, hat er einige davon aufgeschrieben. Der Herausgeber kam freilich nicht umhin, allzu Derbes und Obszönes behutsam etwas abzumildern. Trotzdem sei der Leser gewarnt: Zimperlich und allzu prüde sollte er nicht sein!

Mit spitzer Feder hat Klassenkamerad und Hausarztkollege Gerhard Hainlein dazu kongeniale Illustrationen geschaffen, die die Erlebnisse mit schlitzohrigen Patienten und zugereisten Nachwuchsmedizinern meisterhaft auf den Punkt bringen. Mit Rücksicht auf ältere Leser wurde eine große Schrifttype gewählt.

Der Herausgeber

ROST

Seinen Familiennamen sucht man sich nicht aus. Besonders schön ist der Name ROST nicht, aber doch besser als manch anderer. In Österreich kann man seinen Namen, wenn er einem nicht mehr gefällt, ändern lassen. Allerdings muss der neue Name einen Bezug zu alten haben. Auf diese Weise wird dann mit amtlichem Segen aus einem Johann A… gucker ein Hansi Hinterseer …

Aber man kann auch versuchen, das Beste aus seinem Namen zu machen: Im Winter hängt in unserer Praxis ein Plakat mit der Aufschrift: „Lassen Sie sich gegen

Grippe impfen – dann kommen Sie ROST-frei durch den Winter!“

Chemisch gesehen ist ROST eine Verbindung aus Eisen und Sauerstoff, also zweier wichtiger Elemente. Kein Patient wird daher bezweifeln, dass ROST lebensnotwendig ist.

Auf dem Weg zu meinem ersten Arbeitsplatz in Ost-Westfalen las ich in Rietberg über einer Fabrik folgenden Werbespruch: „Damit der Rost keine Chance hat!“ Ich habe mich nicht abschrecken lassen und bin dort trotzdem sieben Jahre lang geblieben.

Familiär vorbelastet

Ich bin in einem Arzthaushalt aufgewachsen. Eines Tages brachte mein Bruder, später Professor der Medizin, eine Schulaufgabe mit heim, unter die der Mathematiklehrer geschrieben hatte: „Das Schriftbild erfordert eine psychologische Untersuchung!“ Mein Vater sah es gelassen und schrieb darunter: „Erblich belastet!“ Mir wurde dasselbe attestiert.

Einmal brachte ich in einem Marmeladenglas einen Bandwurm in die Schule, den mein Vater abgetrieben hatte. Spiritus war keiner drin, weil ich keinen zur Hand hatte, weshalb es beim Öffnen des Glases entsetzlich stank. Unserer Biologielehrer, H. P. R., rümpfte die Nase und bemerkte vorwurfsvoll: „Der riecht ja schon ein wenig!“ Das war noch sehr vornehm ausgedrückt.

Schwester Kuni

Schwester Kuni begleitete uns Buben als medizinische Betreuung ins CVJM-Jugendlager. Sie stammte aus Oberbayern, rauchte Zigarren, hatte einen Damenbart und war nur schwer aus der Ruhe zu bringen. War einmal ihr Einsatz gefordert, sagte sie: *„Kriagst an Kamuintä oda a Spritzn in Oarsch – I hob a nix anders!“*

Übersetzung für Nichtbayern: *„Du bekommst einen Kamillentee oder eine Spritze in den Hintern – ich habe ja nichts anderes!“*

Zoologie-Prüfung

In den ersten Semestern standen unter anderem Botanik und Zoologie auf dem Lehrplan der Medizinstudenten. In der Zoologie-Prüfung, so erzählte man sich, soll Professor Gerhard Krause, damals kurz vor der Emeritierung, ausgestopfte Vogelmodelle so abgedeckt haben, dass nur die Füße der Präparate zu sehen waren. Der Kandidat sollte nun anhand der Füße erkennen, um welchen Vogel es sich handelte.

Trotz aller Bemühungen gelang das dem Prüfling nicht: Er fiel durch und ärgerte sich sehr darüber. Als ihn der Professor beim

Hinausgehen nach seinem Namen fragte, hob er nur die Hosenbeine an und sagte nicht ohne Spott: „Raten Sie mal!“

Schweizer Studienerlebnisse

Zwei Semester habe ich in Bern studiert. Im Rest der Schweiz kursieren Witze über die Langsamkeit der Berner: So erzählt man sich, dass dort Geschlechtsverkehr am Freitagabend verboten sei, weil die Berner sonst beim Sonntagsgottesdienst anfangen würden, zu zittern!

Kein Wunder, dass es uns deutschen Studenten gelang, uns lange vor den Schweizer Kollegen in die Kurslisten einzuschreiben. Auf diese Weise kam ich aber in der klinischen Vorlesung über Hautkrankheiten in arge Verlegenheit, weil wir in diesem Fach noch keine Grundlagen gehört hatten. Ich sollte ein Exanthem (Ausschlag) bei einer Patientin beschreiben und bemühte mich redlich, obwohl mir viele Fachbegriffe noch unbekannt waren. Doch der Professor lächelte nachsichtig und sagte: „Herr Rost, für jemanden, der offensichtlich noch nie etwas von Hautkrankheiten gehört hat, haben Sie das ganz hübsch erklärt!“

Delikate Fallvorstellungen

Derselbe Berner Professor für Hautkrankheiten hatte bei einer jungen Frau eine Geschlechtskrankheit diagnostiziert. Ob man sich das in einer Toilette holen könne, fragte die Mutter besorgt, die die Patientin begleitete. „Ja, gnädige Frau, in der Tat,“ bestätigte der Professor, „falls die Toilette groß genug ist!“

Eine andere Mutter kam mit ihrem Töchterchen, bei der der Hausarzt Kopfläuse diagnostiziert hatte. Der Professor warf einen kurzen Blick auf die Haare der kleinen Patientin und diktierte dann als Diagnose: „Pediculosis capitis!“ Die erleichterte Mutter bedankte sich überschwänglich und meinte: „Hab‘ ich es doch gewusst: Man sollte gleich zum Spezialisten gehen!“ (*Pediculosis capitis* ist die lateinische Bezeichnung für Kopfläuse.)

Früh übt sich

In der Psychiatrievorlesung von Professor Theodor Spoerri wurde eine geistig zurückgebliebene Patientin vorgestellt, die bereits zum dritten Mal von einem Schwarzen geschwängert worden war und wo es nun um die Frage eines Schwangerschaftsabbruchs ging. Das war an sich ein tragischer Fall. Trotzdem mussten wir uns auf die Lippe beißen, um nicht laut herauszulachen, als der Psychiater seine Krankengeschichte mit den Worten begann: „Schon bei den Nick-Negern konnte sie nicht Nein sagen …“

(Für die Jüngeren: Nick-Neger war die politisch wenig korrekte Bezeichnung von Figuren von Afrikanerbuben mit einem beweglichen Kopf, die, wenn man eine Münze als Spende für die Mission in Afrika einwarf, gewissermaßen zum Dank mit dem Kopf nickten.)

Genetik

Die Genetik, so lernten wir im Studium ist entscheidend für den Lebensweg, aber die Umwelt spielt auch eine wichtige Rolle. Oder etwas anschaulicher ausgedrückt: Sieht das Kind so aus wie der Vater, waren

es die Gene, sieht es so aus wie der Nachbar, waren es die Umwelteinflüsse!
Allzuviel Wissenschaftsgläubigkeit ist aber problematisch, wie folgende Geschichte belegt, die mir ein Patient erzählt hat:

Ein Sohn schrieb seiner Mutter: „Liebe Mama, denk' Dir, Du bist Großmutter geworden! Meine frühere Freundin hat nämlich ein Kind von mir bekommen. Wir sollen uns aber nicht wundern: Das Kind ist pechschwarz, weil sie eine schwarze Amme genommen hat!" Darauf schrieb die Mutter zurück: „Das war bei Dir nicht anders! Ich habe Dich mit Kuhmilch gestillt, deshalb bist Du ein Rindvieh geworden!"

Gut, dass mein Schulfreund H. H. Professor der Humangenetik in Würzburg geworden ist. Denn so kann er meiner Frau, wenn sie mich wieder einmal wegen meiner Unordentlichkeit schimpft, ganz wissenschaftlich erklären, dass alle Menschen eigentlich eine genetische Veranlagung zur Unordentlichkeit haben. Nur Manche haben zufällig Glück, da schlagen die Gene nicht so durch – das ist der Unterschied zwischen Genotyp und Phänotyp. Mein Vater hatte schon ein ausgeprägtes Unordentlichkeitsgen, das er mir vererbt hat – bei unseren Kindern haben sich die Ordnungs-Gene meiner Frau durchgesetzt. Prof. H. habe ich übrigens auch einmal in den April geschickt, als ich ihm vorschlug, mich als Lehrbeauftragter und Selbst-Betroffener über das Unordentlichkeits-Gen an der Universität zu habilitieren.

Sprachprobleme und Tücken des Dialekts

Meiner Ehefrau, die in einer Gütersloher Apotheke tätig war, brachte eine Italienerin, die nur wenig Deutsch sprach, im Nachtdienst ein Rezept über Zäpfchen. Obwohl sie den Beipackzettel nicht lesen konnte, wusste sie sich zu helfen und fragte: „Zäpfchen für Loch Amore oder Zäpfchen für Loch Bumm-Bumm?“

Als Assistenzarzt in Gütersloh wurde ich in die Notaufnahme geholt, weil ein aus Unterfranken stammender Patient sich mit Schlaftabletten vergiftet hatte. Niemand außer mir konnte den 81Jährigen verstehen, der in breitestem Dialekt sprach und sehr aufgeregt war. Schließlich konnte ich seinem Wortschwall entnehmen, dass er von seiner zwei Jahre älteren Ehefrau gehörig verprügelt worden war und deshalb einen Selbstmordversuch unternommen hatte.

Mancher Student, der in unserer Lehrpraxis tätig war, hatte Schwierigkeiten, den unterfränkischen Dialekt unserer Patienten zu verstehen. Und auch wenn er glaubte, sie verstanden zu haben, lag er manchmal doch ziemlich daneben. So berichtete mir ein Düsseldorfer Student ganz beeindruckt, dass die Lindelbacher Bäuerin, bei der er einen Hausbesuch gemacht hatte, ihm von ihren zweitausend Säuen erzählt hätte! Er war ziemlich enttäuscht, als ich ihm erklärte, dass die Patientin zwei „Dauschen“, also zwei Muttersäue hatte!

Herrenloses Bruchband

Mein Vater, Karl Heinz Rost (Jg. 1910), von dem ich die Praxis übernommen habe, ließ sich 1945 in Randersacker nieder. Obwohl er sich als ehemaliger Sanitätsoffizier an Ordnung hatte gewöhnen müssen, entsprach diese nicht seinem Naturell. So steckte er alles, was er mitnehmen wollte, einfach in seine Hosentasche.

Als er einmal mit seiner jungen Ehefrau und deren jüngeren Schwester am Sonntagnachmittag auf der Domstraße in Würzburg spazierenging, hing ihm das gebrauchte Bruchband eines Patienten aus der Hosentasche heraus! Man kann sich leicht vorstellen, wie sich die beiden Damen darüber genierten. Sie taten so, als ob der Mann nicht zu ihnen gehörte. Als mein Vater den Grund dafür entdeckte, zog er das Bruchband aus der Hosentasche und rief laut quer über die Domstraße: „Hallo, Fräulein, Sie haben Ihr Bruchband verloren!“

Originelles Abendkleid

In der Nachkriegszeit wurde oft mit Naturalien bezahlt: Eier, Schinken, Käse. Einmal war ein rohes Ei auf dem Beifahrersitz unseres Volkswagens liegengeblieben. Meine Mutter in feiner Abendgarderobe wunderte sich auf dem Weg zu Mozart-Fest, warum sie so viel Aufmerksamkeit erregte. Bis sie merkte, dass das rohe Ei die Rückseite ihres Abendkleides zierte …

„With his ugly English …“

Mein Englischlehrer am Würzburger Gymnasium hieß Emil und unterrichtete uns nach bestem Wissen und Gewissen. Da wir uns pflichtgemäß an seiner unverkennbar fränkisch geprägten Aussprache orientierten, sprachen wir bald ganz leidlich „Franconian English“.

Einmal verordnete ich dem Sohn einer kanadischen Familie, die ihm Dorf übernachtete, Penicillin zur Behandlung einer eitrigen Mandelentzündung und sagte dem Vater, als er bezahlen wollte, er solle das Geld lieber für die Reise verwenden. Einige Zeit später bekam ich einen Auszug der ‚Vancouver News' mit einem Bericht über die Deutschland-Reise: Der Gipfel deutscher Gastfreundschaft sei gewesen, als ihm der Randersackerer Doktor *„with his ugly English"* die Behandlungskosten erlassen habe!

Schwieriger, ja nahezu unmöglich war die Verständigung, als ich nachts im Bereitschaftsdienst zu zwei Japanerinnen auf die Steinburg gerufen wurde. Trotz ehrlichen Bemühens auf beiden Seiten und mehrerer Handy-Telefonate nach Japan erwiesen sich mein *„Franconian"* und ihr *„Japanese English"* als inkompatibel. Immerhin konnte ich keine ernsthafte Erkrankung feststellen und gab der Tochter ein paar Beruhigungstabletten. Einige Monate später erhielt ich ein Päckchen mit zwei Ess-Stäbchen und einem langen Dankbrief; die Tochter studiere Medizin und werde sich bemühen, später eine ebenso gute Ärztin zu werden wie ich!

Wechseljahre und Altersfragen

Eine langjährige Patientin meines Vaters beklagte sich bei mir: „Früher, als ich noch jung war, musste ich mich immer ganz ausziehen. Jetzt, wo ich alt bin, muss ich nur noch die Zunge herausstrecken!“ Ich konnte sie beruhigen: „Da sehen Sie einmal, welche Fortschritte die Medizin inzwischen gemacht hat.“

Eine andere Patientin fragte meinen Vater, wie sie denn merke, dass sie in die Wechseljahre komme. Der meinte nur trocken:

„Wenn Sie ein Markstück schlucken und hinten lauter Zehnerl herauskommen, dann ist es soweit!“

Hochbetagte

Professor Hans Franke, der Direktor der Medizinischen Universitäts-Poliklinik in Würzburg, interessierte sich schon in den 1970er Jahren für die Altersforschung. Besonders hatten es ihm die Hundertjährigen angetan, von denen es damals nur ganz wenige gab. Auch eine hochbetagte Patientin meines Vaters wurde eingeladen und fuhr erwartungsvoll nach Würzburg. Empört kam sie zurück und berichtete: „Da hab‘ ich vor dene Studentli mei Didde zeich‘ müss!“

Professor Franke war dagegen hochzufrieden. Er ließ ein Rötelporträt anfertigen und verewigte die Dame zusammen mit einem

Schoppenglas Randersackerer Ewigleben in seinem bekannten Buch. Später habe ich eine Reproduktion des Bildes in der Zeitschrift ‚Ärztliche Praxis' gesehen – allerdings als Warnung für heimlichen Alkoholkonsum alter Frauen!

Raue Sitten – derbe Sprüche

Als die erste Autobahnbrücke bei Randersacker über den Main gebaut wurde, wohnten viele Gastarbeiter in Theilheim. Das brachte den Dörflern willkommene Mieteinnahmen und den Gastarbeitern ein Zuhause mit Familienanschluss. Dabei blieb es allerdings

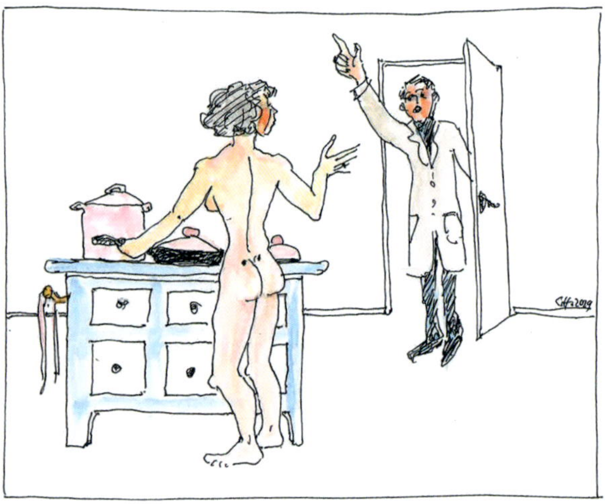

nicht immer. Ein unerwartet heimkommender Theilheimer überraschte seine Gattin, als sie gerade nackt einem Gastarbeiter Spiegeleier briet. Der gehörnte Ehemann fackelte nicht lange und setzte die Missetäterin mit dem nackten Hintern in die Pfanne! Mit der Behandlung der Verbrennungen war mein Vater noch lange beschäftigt …

Nach Abschluss meines Studiums übernahm ich für meinen Vater einige Hausbesuche, unter anderem auch in Theilheim. Auf mein Klingeln öffnete mir eine alte Frau mit dikker Starbrille, beäugte mich misstrauisch und murmelte: „Mir käffe nix, mir hemm scho gaba!“ Sprach's und schlug mir die Tür vor der Nase zu!

Eine Patientin aus Randersacker beklagte sich in meiner Sprechstunde über ihren Ehemann und redete sich richtig in Rage: „Mein Mann,“ schimpfte sie, „ist das größte A… loch von Randersacker!“ Als die nächste Patientin sich ebenfalls bitterlich über ihren Ehemann beklagte, erzählte ich ihr mit leisem Schmunzeln von dem „Kompliment“, das ich eben über einen anderen Gatten gehört hatte. „Dann,“ meinte die Frau und stemmte die

Hände in die Hüften, „ist mein Mann das größte A… von Thala!“ (Theilheim)

Erotisches und Psychiatrisches

Ein älterer Patient bat mich einmal um eine Bescheinigung, dass er an Morbus Alzheimer erkrankt sei. Wofür er das benötige, wollte ich wissen. Nun, die brauche er für seine Ehefrau. Wie das? Na ja, er habe eine junge Frau kennengelernt und dabei glatt vergessen, dass er verheiratet sei, aber seine Gattin wolle ihm nicht glauben, dass er an einer „passageren“ (zeitweiligen) Alzheimer-Erkrankung leide.

Eine über 70jährige Witwe, die seit kurzer Zeit einen neuen Freund hatte, suchte meinen Rat, weil sie beim Geschlechtsverkehr wegen ihrer trockenen Scheide Schmerzen habe. Das sei kein großes Problem, meinte ich, und verwies auf Feuchtigkeits-Cremes, wie sie bei Beate Uhse zu besorgen seien. Dagegen schien es mir wichtig, sie auch auf Geschlechtskrankheiten und auf Kondome hinzuweisen. Daraufhin sah sie mich völlig entsetzt an und meinte etwas pikiert: „Näh – soo indiem simmer net!“ (Nein, so intim sind wir nicht!“)

Eine junge, zarte 17jährige Patientin klagte über Luftnot. Als ich sie fragte, wann genau sie Luftnot bekäme, wurde sie etwas rot und meinte, dass sei immer dann so, wenn sie mit ihrem Freund zusammen sei. Der Fall klärte sich rasch, als die Türe aufging und besagter Freund erschien: Ein Zweimetermann mit beträchtlichem Bauchumfang! Durch geeignete Hinweise aus der Kamasutra (indische Liebeslehre) konnte die Patientin rasch und unkompliziert von ihren Beschwerden geheilt werden.

Viagra ist vor allem bei Krebs-Vorsorgeuntersuchungen bei älteren Männern ein wichtiges Thema. Ein verschmitztes Bäuerchen, das ich daraufhin ansprach, meinte trocken: „Außerhalb brauch‘ ich’s net, und für derhemm is‘ mer’s z’teuer!“ Dass auf dem Beipackzettel steht: „Schnell schlukken, sonst wird der Hals steif!“, ist wohl ein böswilliges Gerücht. Aber ein Patient, den ich auf die Wirkung des verordneten Viagras ansprach, berichtete, dass seine Frau nicht ohne Selbstlob festgestellt habe: „Gell, heut‘ hab’ ich wieder scharf gekocht!“

Koronarsportgruppe

Der Doktor und sein älterer Bruder Richard (später Professor an der Sporthochschule Köln) galten als gefürchtete Basketballer im CVJM-Team, wo Peter Rost 1960 bis 1977

auch Leiter und Trainer der Basketball-Mannschaft war. So war es nur folgerichtig, dass er 1983 die Anbindung der Herzsportgruppen an den Sportbund DJK initiierte und bis heute begeisterter Sportarzt ist.

Kulturschock Franken

Fränkisches Brauchtum und fränkische Religiosität ist manchen Studenten aus den Neuen Bundesländern so fremd wie das Mittelalter. Ein hochintelligenter Student aus Dresden, Stipendiat der Deutschen Studienstiftung, fragte mich ganz interessiert, was denn das mit Kreide über manchen Haustüren aufgezeichnete „C + M + B 1998" bedeutete. „Was denken Sie?", fragte ich zurück. „Na, vielleicht ein Hinweis für den Schornsteinfeger, dass die Kaminreinigung für 1998 schon erledigt ist."

Zur Sicherheit noch einmal für Nichtfranken und Nichtkatholiken: Die Aufschrift wird von den Sternsingern am Dreikönigstag angebracht und ist ein lateinischer Segensspruch: „Christus Mansionem Benedicat" – „Christus möge dieses Haus segnen". Der mit dem Kirchenlatein weniger vertraute Volksmund machte daraus später „Caspar, Melchior, Balthasar" – also die drei Könige aus dem Morgenland.

Bauernschläue

Meiers Rosa war ein Original. Die alte Dame litt seit Jahren an Asthma. Und weil es trotz meiner Bemühungen nicht ganz verschwinden wollte, riet ihr eine Freundin, es einmal bei ihrem Bekannten zu versuchen, der Asthma am Telefon heilen könne. Diesen Heilversuch schilderte sie mir voll Vergnügen beim nächsten Besuch in allen Einzelheiten:

Der Heiler begann seine Therapie mit folgender Aufgabe: „Stellen Sie sich vor, Sie sind in einem wunderschönen Schloss. Sehen Sie den großen Saal?" — Rosa: „Ich säh kenn Saal!" — Der Heiler: „Sie gehen jetzt eine große, prächtige Treppe hinunter. Sehen Sie die Treppe?“ — Rosa: „Ich säh kei Drebbe!“ — Der Heiler: „Sie kommen jetzt in einen Garten mit lauter schönen bunten Blumen und Bäumen und Büschen. Sehen Sie die Blumen?“ — Rosa: „Ich säh kein Garden un‘ kei Blume!“

In diesem Stil sei das Gespräch noch eine Weile weitergegangen.

Am Schluss, so berichtete Rosa voll Empörung, habe der Heiler sie aufgefordert, ihm 100 Mark zu überweisen. Da kam er aber an die Falsche, denn die empörte Rosa rief ihren Freund ans Telefon zur Hilfe: „Emil, komm amal hara, da is a Betrücher am Delefon, der hat gsacht ich soll an schöne Saal säh und a Drebba und schöne Blümli. Nix hab ich gsana. Und mei Asthma is immer noch do, dafür will der jetz no hundert Marg.“

„Mein Emil hat’s dem aber gaba,“ berichtete die Rosa und grinste zufrieden.

Ein Privatpatient, der mir zur Begleichung seines Honorars einen Bankscheck da gelassen hatte, den ich später als ungedeckt zurückbekam, meinte schlagfertig, als ich ihn darauf ansprach: „Herr Doktor, machen Sie sich nichts daraus: Mein Rheuma ist ja auch zurückgekommen!“

Unbefleckte Empfängnis

Eine 14Jährige aus dem Nachbarort wurde wegen Bauchschmerzen von mir untersucht. Die Ultraschall-Untersuchung ließ keinen Zweifel: Es handelte sich um eine Schwan-

gerschaft. “Dös kann net sei, ich war nie mit em Kerl zamma,“ beteuerte das Mädchen.

Ich hörte mir das eine Weile geduldig an und blickte dann angestrengt zum Fenster hinaus. „Was gibt’s denn da zu seh’n?“, wollte das Mädchen nach einer Weile neugierig wissen. „Weißt Du,“ sagte ich, „das ist das letzte Mal vor zweitausend Jahren passiert, und da ist ein Stern erschienen, dem drei weise Männer folgten. Das will ich mir nicht entgehen lassen.“

Später wusste sie dann doch nicht mehr so ganz genau, was an Fasching passiert war …

Meine älteste Patientin wurde 106 Jahre alt. Als sie kurz nach ihrem 105. Geburtstag zu mir in die Sprechstunde kam und ihre Bluse aufknöpfte, damit ich sie abhören konnte, entschuldigte sie sich, dass es etwas länger dauerte: „Herr Doktor, ich bin halt keine 80 mehr!“ Als sie im Sterben lag, kam sie noch einmal kurz zu sich und sagte zu ihrer Tochter: „Ich mach‘ Euch ein Zeuch: Der Pfarrer und der Doktor – die sind g’rennt!“ Dann starb sie zufrieden.
Ihre inzwischen über 90jährige Tochter sag-

te kürzlich zu mir. „Es soll ja nichts Sexuelles sein. Aber einen Mann in Natur möcht' ich schon noch einmal sehen!"

Beim Gang durchs Dorf begegnete ich einem Patienten, den ich Jahre zuvor wegen seiner Zuckerkrankheit behandelt hatte, der sich dann aber nicht mehr hatte blicken lassen. Als ich ihn deshalb fragte, sagte er: „Ach der Zucker? – Der zuckt nicht mehr!"

Vergebliche Liebesmüh

Ein arbeitsscheuer Mann erhielt wegen seiner häufigen Krankschreibungen eine Aufforderung, sich vom Vertrauensarzt untersuchen zu lassen. Der bestätigte ihm eine hochgradige Depression und empfahl dringend eine stationäre Reha-Behandlung.

Drei Tage nach Antritt der Reha-Maßnahme war er bereits wieder zuhause. Als ich ihn daraufhin erstaunt nach seinen dortigen Erlebnissen befragte, erzählte er mir Folgendes: Alle Patienten hätten sich in einem Kreis setzen müssen. In der Mitte sei eine Kerze gestanden. Dann hätte jeder das Gesicht seines Nachbarn zeichnen sollen. „Ihr seid doch alle blemm blemm (Fränkisch: verrückt)!“, sagte der Kranke und weigerte sich, an dem Hokuspokus teilzunehmen. Daraufhin sei er entlassen worden.

Wenig später wurde der Mann als unbehandelbar berentet und lebt seit mehr als vierzig Jahren zufrieden als Rentner.

Nonnenwitze

Eine durch ihren Witz im Dorf bekannte über 80jährige Dame sah mich in einer Gastwirtschaft und rief laut über einige Tischreihen hinweg: „Herr Doktor, ich muss Ihnen einen Witz erzählen!“ Auf diese Art und Weise kam dann die ganze Gaststätte in den Genuss des Witzes:

Eine Nonne vom Land kommt in die Stadt und sieht am Straßenrand eine ehemalige Mitschülerin in einem kurzen leichten

Kleidchen stehen. „Was machst Du hier?“, fragte die Nonne. „Ich gebe Männern Liebe und die geben mir dafür Geld.“ „Aha,“ sagte die Nonne, „und was für Männer kommen da?“ „Ach, da kommen vornehme Leute: Ärzte, Apotheker, Lehrer, Beamter …“ „Und kommen auch geistliche Herrn?“, wollte die Nonne wissen. „Natürlich – die bezahlen sogar besonders gut.“ „So eine Gemeinheit,“ meinte die Nonne, „bei mir sagen sie immer nur ‚Vergelt's Gott‘!“

Da stand ein anderer Gast auf und fragte: „Was macht eine gute Nonne aus? – wenn schon die Mutter Nonne war und auch die Tochter Nonne wird!“ Und ein dritter sagte: „Wie vermehren sich Nonnen? – Na, durch Zellteilung!“

Auch über Ärzte und Nonnen gibt es Witze: Kommt ein Arzt heim und sagt zu seiner Frau: „Heute habe ich mir einen Scherz erlaubt und drei Nonnen erzählt, sie seien schwanger. Jetzt habe ich doch ein schlechtes Gewissen bekommen: Ruf‘ bitte im Kloster an und sag, dass es nur ein Witz war.“ Sagt die Ehefrau: „Zu spät! Gerade hat die Oberin angerufen: Der Pfarrer hat sich schon erschossen!“

Gerne erzähle ich die Geschichte von Schwester Mathematica und Schwester Logica. Als die beiden durch einen Wald gehen, werden sie von einem Mann verfolgt und trennen sich an einer Weggabelung, damit zumindest eine entkommen kann. Mathematica kommt früher an und fragt Logica, wie es ihr ergangen ist: „Wie Du errechnet hast: Der hat mich eingeholt!“ „Und dann?“ „Musste ich meinen Rock hochheben!“ „Und dann?“ „Ließ er die Hose herunter!“ „Ja, und dann!“ „Konnte ich logischerweise entkommen, denn ein Mann mit heruntergelassener Hose läuft langsamer als eine Frau mit angehobenem Rock!“

Arzt und Pfarrer

Manche Patienten haben einen makabren Humor. Einer erzählte mir, dass einmal ein Arzt auf dem Friedhof eine Stimme hörte, die aus einem Grab kam: „Herr Doktor, Herr Doktor – Sie müssen mir helfen.“ „Was kann ich für Sie tun,“ fragte der Arzt. „Haben Sie nichts gegen Würmer?“ Und ein anderer Spaßvogel setzte folgende „Traueranzeige“

in die Zeitung: „Am heutigen Tag hat mein guter Freund nach langer Leidenszeit endlich seine Ruhe gefunden. Die Beerdigung seiner Ehefrau findet am Freitag statt."

Mein Freund Hellmut war evangelischer Vikar. Bei der Trauerrede rutschte er einmal auf dem regennassen Boden aus und rettete sich gerade noch, indem er über das offene Grab sprang. Beim nächsten Todesfall kamen Trauernde auf ihn zu und baten ihn, diesen Segen auch bei der Beerdigung ihres Angehörigen durchzuführen!

Auf dem Friedhof traf ich den katholischen Ortspfarrer. Stolz erzählte er mir, dass er Bocksbeutel aus Randersacker für einen guten Zweck verkaufe und zwar aus den Weinbergslagen ‚Ewig Leben' und ‚Teufelskeller'. „Na, dann werden wohl die Katholiken den ‚Ewig Leben' und die Protestanten ‚Teufelskeller bekommen," meinte ich scherzhaft. „Nein, Sie irren sich," verteidigte sich der Pfarrer. „Der ‚Ewig Leben' ist für die Frauen, weil die doch alle lieb und nett und gut sind!" „Man merkt," wandte ich vorsichtig ein, „Hochwürden, dass Sie nie verheiratet waren!"

April, April!

Meine Mutter war schon immer ein geeignetes Opfer für Aprilscherze, weil sie immer wieder darauf hereinfiel, selbst im Alter noch. Einmal, da war mein Vater schon pflegebedürftig, rief ich meine Mutter am 1. April an und tat ganz aufgeregt: „Frau Doktor, Frau Doktor, hier ist der Wallrapp aus Thala (Theilheim). Ihr Mann soll amal ganz schnell nach Thala komm‘, mei Dochder griecht e Kind!“ Dazu muss man wissen, dass die meisten Theilheimer Wallrapp heißen.

Meine Mutter war ganz verzweifelt und versuchte, dem Anrufer zu erklären, dass er sich verwählt hatte: „Sie müssen bei meinem Sohn Peter anrufen. Mein Mann ist doch krank, der kann nicht zu Ihnen kommen!“ „Näh Frau Dokter, jünge Ärzt könne des net, ihr Mo hat scho bei meiner Frah des Kinn rausg‘holt. Er soll gleich kümm!“ „Der

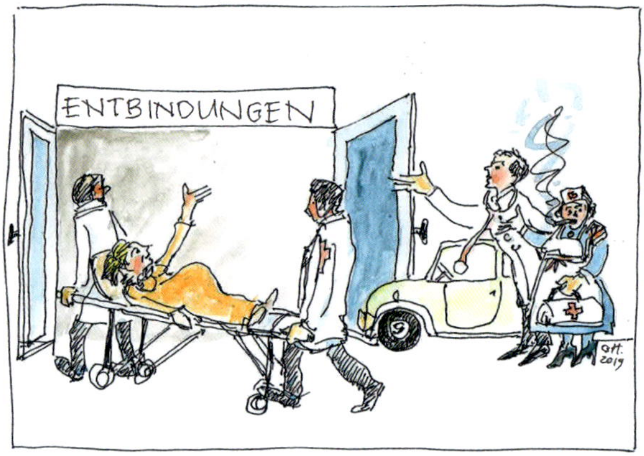

kann doch nicht mehr kommen!" „Machd nix, dann komm ich mit meiner Dochter runner, mache Sie scho mal des Wasser heeß!" Völlig aufgelöst rief meine Mutter bei mir an: „Da ist ein verrückter Wallrapp, der gleich mit seiner Tochter zur Entbindung bei uns vorbeikommen will!" Zum Glück konnte ich sie mit dem Hinweis auf den 1. April gleich wieder beruhigen!

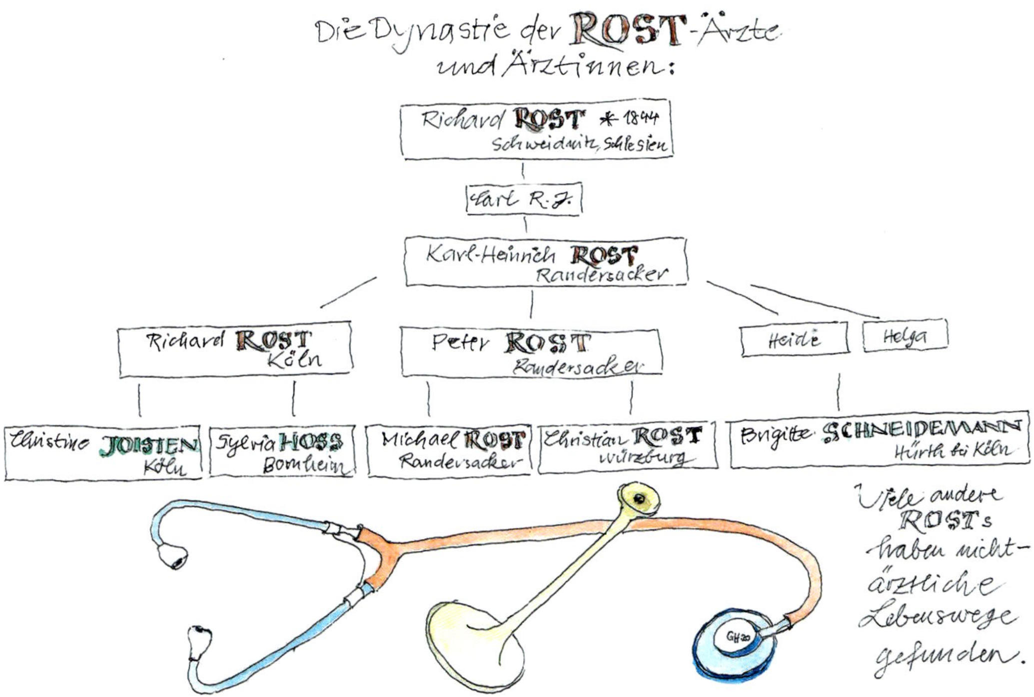
Die Dynastie der ROST-Ärzte
und Ärztinnen:
Richard ROST * 1844
Schweidnitz, Schlesien
Carl R.J.
Karl-Heinrich ROST
Randersacker
Richard ROST
Köln
Peter ROST
Randersacker
Heide
Helga
Christine JOISTEN
Köln
Sylvia HOSS
Bornheim
Michael ROST
Randersacker
Christian ROST
Würzburg
Brigitte SCHNEIDEMANN
Hürth bei Köln
Viele andere
ROSTs
haben nicht-
ärztliche
Lebenswege
gefunden.
GH30

Der Autor: Peter Rost

stammt aus einer schlesischen Medizinerdynastie.

*1942 in Bunzlau/ Schlesien. Arztsohn. 1945 Übersiedlung der Familie nach Randersacker bei Würzburg. Volksschule Randersakker, dann Siebold-Realgymnasium Würzburg. 1962 Abitur. Wehrdienst. Medizinstudium in Bern und Würzburg. 1969 Staatsexamen und 1970 Promotion in Würzburg. Facharztausbildung Innere Medizin in Gütersloh (Ludwig Pippig). 1977 Gemeinschaftspraxis mit seinem Vater in Randersacker. 1982 Sportarzt. 1993 Lehrpraxis der Universität. 2008 Praxisübergabe an seinen Sohn Michael. 1984 Gemeinderat. 2013 dritter Bürgermeister von Randersacker. 2019 Bundesverdienstkreuz. 2020 kommunale Verdienstmedaille in Bronze. Sein Sohn Christian ist Internist und Kardiologe in Würzburg.

Der Illustrator: Gerhard Hainlein

stammt aus einer unterfränkischen Graphikerfamilie.

*1942 in Würzburg. Grundschule und Siebold-Realgymnasium Würzburg. 1962 Abitur. Wehrpflicht in Ulm. Ein Semester Studium an der Akademie der Bildenden Künste in München, dann Medizinstudium in Würzburg, Wien und Hamburg. 1970 Staatsexamen und Promotion in Hamburg. Zusammen mit seiner Ehefrau allgemeinärztliche Gemeinschaftspraxis in Würzburg, Lehrpraxis der Universität. 2013 Ruhestand. Diverse Buchillustrationen.

Als Herausgeber bedankt sich Andreas Mettenleiter bei Hans-Reinhard Koch, *D. & L. Koch* Verlag Bonn, für das gelungene Layout dieses Büchleins.

Weitere Würzburg-Titel aus dem AKAMEDON-Verlag

Denk‘ ich an Würzburg ... Zeitgenossen über ihre Stadt. Gerhard Hainlein zum 75. Geburtstag / hrsg. von Andreas Mettenleiter. 2017. ISBN 978-3-940072-23-8. 208 S. Leinen mit Schutzumschlag, 89 meist farbige Abb. 19 €.

Moenanias Historia der ersten beiden Saecula. Geschichte des Corps Moenania in Versform von Andreas Mettenleiter. Illustrationen von Gerhard Hainlein. 2014 ISBN 978-3-940072-17-7. Durchgehend farbig. Ganzleinen. 40 €

Tempora mutantur et nos? Festschrift für Dr. Walter M. Brod zum 95. Geburtstag. Mit Beiträgen von Freunden, Weggefährten und Zeitgenossen. Hrsg. von Andreas Mettenleiter. 2007 45 €

Kilians Sommernachtstraum. Ein Würzburg-Bilderbuch (nicht nur) für Kinder von Andreas Mettenleiter. Mit Illustrationen von Gerhard Hainlein. 2018. ISBN 978-3-940072-25-2. 36 Seiten. DinA 4. Durchgehend farbig. Fester Einband. 14 €. *Auch in englischer Sprache erhältlich.*,

STEIN – wie der Würzburger Stein entstand. Ein Lese- und Vorlesebuch – nicht nur für Kinder. 2019. Von Andreas Mettenleiter und Barbara Schumann (Illustrationen). 36 Seiten. Durchgehend farbig. Fadenheftung. Fester Einband. Querformat. 250 x 190 mm. ISBN 978-3-940072-14-6. 15 €. *Auch in englischer Sprache erhältlich.*

Würzburg 1943 bis 1945. Bilder aus einer versunkenen Zeit. Von Harald Zoepffel und Andreas Mettenleiter. 2010. Zweite wesentlich erweiterte Auflage. Bd. 1. ISBN 978-3-940072-00-9. 29,90 €

Cornelia Boese: Tierärztin Mathilda. Ein Bilderbuch in Versen (nicht nur für Kinder). Mit Illustrationen von Gerhard Hainlein. Hardcover. Lesebändchen. 48 S. ISBN 978-3-940072-26-9. 12 €.

Würzburg – 16. März 1945. Dokumentation zum 75. Jahrestag der Zerstörung von Andreas Mettenleiter. 2020. 256 Seiten. Durchgehend farbig. Fadenheftung. Leinenband mit Prägung und Schutzumschlag. DinA 4. ISBN 978-3-940072-30-6. 24,95 €. *Auch in englischer Sprache erhältlich.*

Franz Grehn, Gerd Geerling, Frank Krogmann und Michael Stolberg (Hrsgg.): 150 Jahre Augenklinik Würzburg. 2007. 188 S. Durchgehend farbig. 29,80 €

„Im Schatten des Fürstenbaus“ – Unterhaltsames und Kurioses aus der Geschichte des Würzburger Juliusspitals./ Andreas Mettenleiter. 2012. Hardcover. Jew. 120 Seiten, 65 bzw. 71 teils farbige Abbildungen. Lesebändchen. Je 14,95 €. Bd. I: Von der Echterzeit bis ins 18. Jahrhundert. ISBN 978-3-940072-11-5. Bd. II: Vom Ende der fürstbischöflichen Zeit bis ins Biedermeier. ISBN 978-3-940072-12-2.

Zerstörung und Wiederaufbau in Würzburg. Vier Häuser, vier Familien, vier Schicksale / Hrsg.: Andreas Mettenleiter. 2013. ISBN 978-3-940072-05-4 168 S. Leinen mit Schutzumschlag, Lesebändchen. 220 Abb., davon 20 farbig. 22 €.

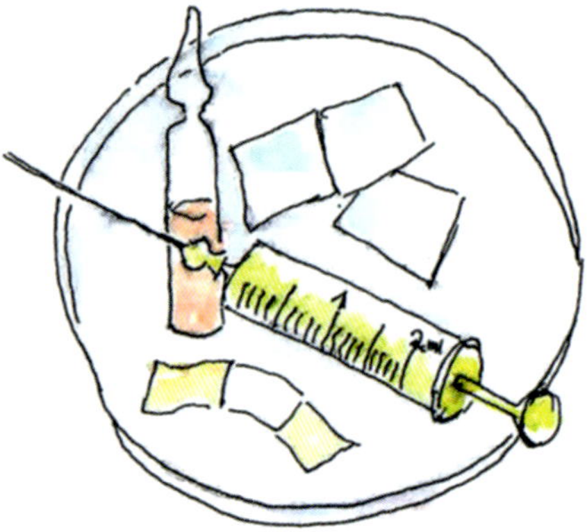